INOCENCIA PERDIDA

Teresa Castillo Mendoza

Tabla de Contenidos

Andrew era un niño hermoso, alegre y saludable; un chiquillo con una imaginación de temer. Pero, sobre todo era mi hijo, y eso era lo único que importaba.

Lo veía correr en el campo de futbol mientras esquivaba a sus rivales pateando la pelota para meter un gol. Mi abuela y yo gritábamos su nombre. La euforia, los gritos, esa energía cálida que invadía mi pecho y diluía mis lágrimas era un recordatorio de cuánto lo amaba y lo orgullosa que me encontraba de que pudiera estar viviendo ese momento junto a la única familia que teníamos.

- Ese muchacho es un campeón -rugió mi adorable abuela mientras aplaudía con todas sus fuerzas.

- Lo sé -chillé y limpie mis lágrimas. Sabía que si Andrew me veía llorando se enojaría y luego diría que lo avergonzaba delante de sus compañeros y eso no era lo que yo quería. Pero era difícil de evitar ver que ese pequeño que una vez estuvo en mi vientre era capaz de hacer cosas sorprendentes como un gol que hizo que ganara su partido.

Los padres corrimos hacia el campo. No estaba permitido pero no nos importó y yo fui la primera en entrar y abrazarlo, luego dejé que sus compañeros lo cargaran mientras vitoreaban su nombre.

- Ese niño es una ráfaga de goles -soltó su entrenador a mi lado-. Sin duda tiene mucho futuro en el fútbol, Diane.

Aquello sonó maravilloso y me sonrojé como si el halago hubiera sido para mí.

- Gracias -sonreí.

- No lo agradezcas. Es la verdad. Por cierto, tienen que ir a la pizzería con nosotros.

- Estaré ahí -respondí mientras me devolvían mi bebé.

Andrew tenía la sonrisa más pura y hermosa y unos ojos verdes que brillaban de su piel morena por el sol.

La abuela se acercó e intentó peinar su cabello desordenado con algo de saliva. Andrew se negó, pero al final fue ella quien domó esos risos sudados.

- Vamos por pizza y helado -les digo a los dos.

- Sí -gritó aún excitado por la emoción-. ¿Puedo comer todo el helado que quiera?

- No creo que sea bueno, Andrew.

- Vamos, muchacha. Él se esforzó mucho para tener la victoria, qué más da uno o dos conos de helado -la abuela me regañó.

Ella siempre lo hacía. Defendía y cuidaba a Andrew como si fuera su propio hijo.

Los tres fuimos con el entrenador hacia la pizzería atestada de pequeños niños gritando mientras cantaban una canción infantil de victoria y sus padres intentaban aplacarlos.

Frank, el entrenador se sentó en nuestra mesa junto con la abuela y conmigo en una mesa cercana donde podíamos vigilar a los 12 niños del equipo.

- Deberíamos hacer un brindis con soda por los niños y la madre y abuela más orgullosas del lugar -sonrió. Estos niños están muy contentos, Diane. Sobre todo Andrew. Se esforzó mucho y lo ha logrado.

-Sí, lo sé. Él ha estado entrenando duramente y su esfuerzo al fin dio sus frutos. Eso es lo que más le gusta, al principio creía que no podría lograrlo, siempre hablaba de rendirse, pero lo logró.

- Es igual de terco que su padre… -soltó la abuela como un puño para mi estómago- ese hombre siempre fue así, nunca aceptaba un no por respuesta.

- Abuela.

- Iré con los muchachos -dijo.

- ¿Estás bien? -preguntó Frank a mi lado.

- Sí, lo estoy, sólo no me gusta hablar sobre eso. Los recuerdos sobre el padre de Andrew son sumamente dolorosos.

- Lo veo.

Frank era guapo sin duda y había veces que podía pensar que me gustaba pero aquello era otro motivo para alejarme más. Yo simplemente estaba rehusada a amar de nuevo.

Giré mi cabeza, él pareció estar lastimado pues sus labios se curvaron hacia abajo y se alejó.

- Lo siento, Diane. Yo no quería incomodarte.

- Lo sé.

Me aferré a la soda y di un largo sorbo mientras sentía cómo sus ojos no dejaban de mirarme.

- Me gustaría que algún día me dieras una oportunidad –confesó.

- No puedo.

- ¿Por qué?

- Es complicado, Frank.

- Pero no puedes vivir así el resto de tu vida, Andrew se tendrá que ir algún día y tú te vas a quedar sola al menos que…

- Por favor; voy al sanitario.

Me marché rápidamente antes de que pudiera decir algo más. Me gustaba Frank pero no podía verlo como él quería que lo viera, yo nunca podría amarlo porque estaba completamente marchita para siempre y todo por culpa de un ser.

Ahora no dejaba de pensar en Westerfeld y esa enorme mansión llena de secretos, de traiciones y de duros recuerdos que me marcaron para siempre como Dave Westerfeld y su familia.

CAPÍTULO 1

- ¿Esto es lo correcto? -preguntó Ryan mientras observábamos aquel lugar de pizzas desde lejos.

- Claro que es lo correcto -gruñí de mal humor-. Cállate y sigue pendiente de ellos. Tenemos que buscar una forma de hablar con ella.

- No lo sé, Dave. Creó que no es la manera, no puedes esperar a que después de casi 11 años ella acepte hablar contigo porque sí. Es casi inaudito y por no decir, ridículo.

- Oye, ella tiene que ir a la casa, esa fueron las condiciones para poder leer el testamento ¿no recuerdas? Si Diane Morgan no se encuentra para el día estipulado todos nos quedamos sin una buena tajada de la fortuna.

- Pero aun no entiendo por qué el abuelo insistió en eso. O sea, sabía que apreciaba a Diane pero no hasta el extremo de incluirla en el testamento y mucho menos luego de que se llevara un buen puñado de joyas que pertenecían a la familia.

- Para mí tampoco es grato verla, Ryan, pero si tengo que sacrificarme por esa fortuna, lo haré.

Salí del auto en dirección a ese lugar.

La pizzería estaba llena de escandalosas risas de los niños. Todos cantaban alegremente mientras aplaudían y contagiaban de su alegría a los demás clientes.

Desde un punto discreto me detuve y observé en todos lados para encontrarla, pero la primera en ver fue a Beatrice. Aquella anciana acariciaba la cabeza de un pequeño niño, el mismo que había visto abrazar y besar Diane con mucha familiaridad.

Después de tanto tiempo ella se las había arreglado para rehacer su vida fácilmente como si no hubiese pasado nada. Después de todo ellos lucían felices a pesar de sus crímenes, a pesar de que decidieran traicionarnos y robarnos para salir huyendo con el rabo entre las piernas.

Diane salió de los sanitarios, pero luego se detuvo al verme y sonrió. Me encantó cómo su cuerpo se congeló de pavor, era excitante y complaciente producir todo ese terror en ella mientras miraba hacia un lado y luego hacia mí. Pude sentir las maldiciones que me lanzaba. Sus puños se apretaron de impotencia, pude ver cómo me odiaba y me agradaba porque yo también la odiaba a ella.

- Diane Morgan, jamás pensé verte en este lugar.

- Esto no es una casualidad ¿o sí? ¿Qué haces aquí?

- ¿Así me vas a recibir? Pensé que saltarías a mis brazos y me darías un gran beso.

- Si has venido a insultarme entonces lárgate.

- ¿A dónde vas? Esto apenas empieza, querida Diane. Tú y yo tenemos muchas cosas que hablar. Por cierto, felicidades por el campeonato de tu hijo. Sin duda tienes a un ganador.

- No te atrevas a decir nada de mi hijo, Dave y di lo que quieres o lárgate.

- ¿Qué ha pasado con toda esa dulzura? Te recordaba, dócil, inocente, un lobo en piel de oveja ¿no se dice así? Pero tienes razón, tengo que hablar contigo sobre algo que ha pasado. Es del Abuelo. Ha muerto y por alguna razón exigió tu presencia para la lectura del testamento, por eso estoy aquí.

- ¿Para impedirme que vaya? Pierdes tu tiempo, no iría ni aunque de eso dependiera mi vida.

- De tu vida no pero qué tal de la de ellos - apunté hacia donde la anciana y el niño.

De pronto ella se transformó, su rostro suave se volvió fiero y desfigurado por la ira. Era la primera vez en mi vida que la veía furiosa y dispuesta a abalanzarse contra alguien por una persona. Supongo que durante todos esos años había cambiado y aquella chica que una vez llegó a mi casa ya no existía.

- Ni se te ocurra tocarle ni un pelo, Dave o verás de lo que soy capaz.

- Eso quiero verlo. Deja salir a la verdadera Diane Morgan. Quiero ver esa parte oscura y despiadada que ti.

- Lárgate, Dave, antes de que grite y llame a la policía, no te quiero ver cerca de ninguno de nosotros.

- No te tengo miedo y no me voy a ir hasta que vayas a la lectura del estúpido testamento ¿lo entiendes?

- ¿Sucede algo? -preguntó el cretino de pantalones cortos acercándose a nosotros-. ¿Te está molestando este sujeto?

Los ojos de Diane me imploraban que me fuera y aunque quería estar ahí y seguir amargando su existencia supe que era mejor retirarse.

- Nos vemos, luego, Diane. Cuídate.

- ¿Cómo te fue? -preguntó Ryan una vez dentro el auto.

Apreté mis puños de pronto. Mi sangre estaba hirviendo al punto de quemarme por dentro y todo por su culpa. Maldije su nombre una y otra vez.

- ¿Qué? ¿Qué te dijo?

- No ha cambiado en nada.

- ¿Estás bien? -preguntó inseguro.

- Claro que estoy bien.

- Pensé que sería difícil de ver a tu ex después de tantos años.

- ¿Ex de qué? Nunca fuimos nada, no tuvimos nada. Ella fue diversión para mí.

- Como digas.

Y ambos nos quedamos en un silencio sepulcral mientras yo buscaba una manera de decirle a

los demás que había fracasado en mi misión de
traerla de vuelta.

Recibe Una Novela Romántica Gratis

Si quieres recibir una novela romántica gratis por nuestra cuenta, visita:

https://www.librosnovelasromanticas.com/gratis

Registra ahí tu correo electrónico y te la enviaremos cuanto antes.

CAPÍTULO 2

Muchas cosas pasaron en mi cabeza en ese momento. Mi corazón sufrió de nuevo por ello. Toparme de nuevo con Dave Westerfeld había sido un presagio de mala suerte.

Me odiaba a mí misma por dejar que esos sentimientos me dominaran de vuelta, como si todo lo que yo quisiera era que él corriera hacia mí y me abrazara.

Tuve que obligarme a recordar que él no era así y no lo sería jamás. Dave Westerfeld no abraza, no te consuela, sólo toma lo que quiere y se va.

Conmigo lo hizo muchas veces, entró a mi habitación, tomó lo que quería y luego me dejaba en la cama llorando por su ausencia, por la falta de su calor y sus besos.

- ¿Todo bien? -preguntó Daniela a mi lado-. ¿Qué pasa? Has estado distraída desde hace dos días.

- Estoy bien. Sólo que pasó algo extraño el otro día.

- Te conté una vez que trabajé para los Weterfierld.

- Sí.

- Cuando fui a celebrar con los compañeros de equipo de los niños se apareció Dave Westerfeld en persona.

- Oh, por Dios. ¿Ese hombre? ¿Tu ex?

- No es mi ex -dije rápidamente.

- ¿Entonces qué fueron? -preguntó y luego su rostro se iluminó con una de sus ideas disparatadas-. ¿Es el padre de tu hijo?

- ¿Qué? No lo digas ni en broma. Amenazó con hacerle daño a todos si no iba con a la lectura del testamento del señor Fausto Westerfeld.

- ¿Estás incluida en su testamento?

- No lo creo. Ese hombre me odiaba a muerte. Quizás sea una de sus otras formas de humillarme como siempre.

- ¿Y si no? Bueno, no soy experta pero qué tal si se arrepintió de todo ese daño que te hizo y te dejó algo de su fortuna.

- No la quiero.

CAPÍTULO 3

- Entonces viste a tu bastardo -dijo Aurora sentándose en la mesa.

- Cierra la boca -le advertí- no querrás ser la primer mujer que golpee en mi lista.

- No lo harías, hermanito. ¿Y cómo es? ¿Ese niño es igual a ti?

- No hables de esas tonterías -la regañó mi madre mientras tomaba delicadamente una copa de su vino- ese niño muy bien pudo haber sido del jardinero o del chofer. Esa muchacha era toda una regalada.

- Pues ella fue la favorita de Dave. Él siempre estaba detrás de ella, incluso arruinó su compromiso con Rebeca por ella.

- Cállate.

- Deja de molestar a tu hermano, Aurora. Sabes cómo se pone cada vez que la mencionan. Sólo quince días, Dave ¿crees que podrás convencerla?

- La voy a traer, madre. De eso tienen que estar seguros. Sólo pido que me dejen hacer las cosas a mi manera.

- Muy bien. Tráela y hazle firmar un papel para que renuncie a cualquier derecho que mi loco padre le haya dado. Esa mujerzuela no nos va a quitar ni un centavo, de eso tienes que estar seguro.

Tomé mi auto y salí rápido de ese lugar. Observé la hora, sabía que dentro de poco ella tenía que ir por su hijo. Siempre lo hacía cuando salía de ese pequeño consultorio

Aunque ella no lo crea la he tenido de cerca durante estos meses, sobre todo cuando mi abuelo me había hecho comentarios sobre incluirla a última hora en ese testamento.

Muchas veces le pregunté por qué pero mantuvo la boca cerrada, simplemente había tenido algo que le molestaba, sus ojos grises y acuosos se empañaban de lágrimas mientras recordaba en silencio.

Él no quería compartirme la verdad pero yo sabía que él estaba así era porque nunca le gustó la forma que ella se marchó de aquí.

Todos la creíamos ladrona, él pensó que era falso, una estrategia creada por Aurora o mi madre para echarla.

- Su partida es más que eso -decía delirando y luego susurraba su nombre entre sus delirios febriles.

Las prácticas habían terminado y el niño estaba ahí. Sentado, tranquilo mientras esperaba a su madre.

Me acerqué lentamente. Sus ojos verdes me detallaron. Increíblemente tenía el perfil de los Westerfeld. Era altanero, orgulloso y su cabello era negro como la noche como el de todo nosotros.

-¿Qué quiere? -preguntó a la defensiva sosteniendo el balón como si fuera un arma.

- Hola, Andrew. ¿Cómo estás?

- Mi mamá dice que no hable con extraños. Ahora váyase o voy a gritar que es un pervertido.

Sonreí por su imaginación, sinceramente era inteligente, cauteloso, me agradaba esa expresión retadora.

- ¿Te parezco un pervertido?

- Mamá dice que ellos pueden verse de cualquier forma. Pero al final buscan engañarte.

- No te haré daño, Andrew. Lo prometo. Vine a esperar a tu madre.

- ¿Conoce a mi madre?

- Pues claro. Somos muy buenos amigos y sé que ésta es la única forma que puedo verla.

- ¿De dónde conoce a mi madre?

- Ella trabajó para mi familia hace mucho tiempo. Tú no habías nacido cuando eso.

Diane corrió hacia nosotros.

- Hola, Diane.

Ella aún era hermosa cuando estaba enojada o asustada. No había cambiado nada de su cuerpo o su rostro, estaba más hermosa que nunca a pesar de usar zapatillas deportivas y su cabello atado en una trenza floja y descuidada.

- ¿Qué le haces a mi hijo?

- Somos muy buenos amigos; pasé a saludarte y ver cómo estabas.

- Estoy bien, ahora vete.

- Vamos, Diane. Relájate. ¿Qué tal si vamos por algo de comer y conversamos?

- No iremos a ningún lado. Aléjate de mi hijo.

- ¿Es sólo tu hijo? No lo creo.

Con el rostro lívido se quedó en silencio. Con su expresión me daba la seguridad de lo que se detallaba a simple vista. Estaba seguro de que ese niño era mi bastardo, lo presentía y ella lo afirmaba mientras retrocedía cada vez más.

CAPÍTULO 4

- Dave me parece genial ¿a ti no, mamá?

- ¿En qué parte te ha parecido genial ese pedante?

Se suponía que había mantenido a Andrew oculto de todos ellos durante mucho tiempo. No había ninguna forma de que supiera que estábamos escondidos en ese lugar, pero fui una ingenua y Dave nos había encontrado.

Cuando estaba a solas en mi habitación lloré dejándome llevar por los recuerdos, por sus amenazas. Sabía que él era capaz de todo, incluso de quitarme a Andrew y eso no lo permitirá. No dejaría que él y su familia me arrebataran a mi hijo ni por toda la fortuna del mundo.

Marco su número. Sigue siendo el mismo después de todo. El tono marca una vez; mi pecho latía fuertemente.

- ¿Quién llama?

- Soy yo, Diane.

- Esto sí que es una grata sorpresa. Tú llamándome a esta hora de la noche ¿acaso quieres que caliente tu cama?

- No hagas que me arrepienta de haberte llamado. Iré a su estúpida lectura de testamento y firmaré para renunciar a cualquier cosa que el señor Fausto me deje pero con unas condiciones.

- Eso me encanta. Que te pongas exigente, te da carácter.

- Una palabra más y voy a colgar. Lo primero que quiero es que dejen Andrew fuera de esto. Cuando siente un indicio de amenaza contra él me retiraré, ¿lo entiendes?

- Ten mi palabra de que será así.

- El día de la fima me sentarás lo más lejos que puedas de Aurora y tu madre. Sé cómo son, un par de brujas sin escrúpulos. No voy a aguantar que me digan o insinúen algo ¿lo entiendes?

- Sí, mamá y Aurora no se meterán contigo.

- Falta una cosa y es la más importante. Dejarás atrás todo cargo o petición al juez sobre la paternidad de mi hijo, ¿lo entiendes? Eso es algo que sólo a mí me concierne y no voy a permitir que te metas en esto.

- ¿Puedo saber por qué?

- No voy a hablar de eso.

- Si eso es lo que tú quieres…

- Es lo que más deseo.

CAPÍTULO 5

Tobías Karlson no sólo era mi mejor amigo, también era conocido por ser un bastardo y sucio abogado. Para mí un boleto para poder saber la verdad que tanto ocultaba Diane celosamente.

Ambos estábamos frente a frente en la mesa metálica de un pequeño café francés mientras nos tomábamos unos tintos.

Tobías sacó unos papeles de su portafolio, los ojeó lentamente.

- ¿Y bien? Tengo derecho de exigir una prueba de paternidad.

- Si tantas dudas tenías al principio porque no lo hiciste antes.

- Pues, yo no lo sabía.

- Mientes, me dijiste que investigara sobre ella y su vástago cuando te enteraste del testamento ¿cierto?

- ¿A qué quieres llegar?

- Bueno, no lo sé. Me gusta atormentarte un poco, es divertido ver cómo pierdes la paciencia y a veces enloqueces, sobre todo si se trata de Diane Morgan y su lindo par de piernas. ¿Aún sientes algo por ella?

- No seas ridículo, yo quiero saber cuál es el misterio. ¿Por qué lo niega? Ese niño es idéntico a mí.

- Ryan aseguró acostarse con ella; puede que sea de él ¿no lo crees? ¿Quién más se paseó por su cama?... Ah, sí, el jardinero, el chofer...

- Eso no es cierto.

- Eso lo dices ahora pero hace 10 años fue diferente. Tu familia y tú la humillaron y la echaron de su casa. Creo que es entendible que ella no quiera que su hijo se relacione con todo eso.

- Y no es justo que ese niño pierda todos sus derechos.

- No lo haces por el niño, te conozco. Sólo quieres amarrar a Diane y la única forma es manipularla con su hijo.

Odiaba cuando Tobías se volvía un imbécil policía sacando conjetura de todo, como si aquello fuera su problema.

- ¿Lo harás o no? -pregunté llegando al límite de mi paciencia.

- Puedo hacerlo. Pero es más fácil sacar una muestra de ADN sin que se dé cuenta que pedir una orden judicial.

- Entonces tengo que sacarle la sangre al niño sin que se dé cuenta.

- No, idiota. Puede ser una muestra de cabello o saliva. Para ser un gran empresario puedes resultar un tanto estúpido.

- ¿Alguna vez has ido a un partido de futbol infantil?

- No pierdes el tiempo.

- Ya he perdido 10 años, no quiero que los demás se vayan volando.

Pensar en ella era pensar en un descontrol total de mis emociones. Aun, después de 10 años ella poseía aquella capacidad absurda de enloquecerme ciegamente hasta el punto de perder mi raciocinio.

Era absurdo que una simple sirvienta pudiera tener tal impacto pero al escuchar su voz suave e inocente provocaba ir tras toda esa bondad. Siempre tenía ganas de corromper su cuerpo, de doblegar a mi voluntad y muy bien que lo hice. Y, a pesar de todos estos años mi cuerpo insiste de ennegrecer su limpia alma.

Cuando llegamos al campo de futbol vi a los mismos niños jugando con él. Andrew era un niño rápido que siempre tenía el balón consigo. Ver aquel ímpetu lleno de victoria me hacía acordarme de mis tiempos. Yo odiaba perder y como él hacía lo imposible para salir ganador, incluso hasta lo que se salía de mis manos.

Fui hacia las gradas con Tobías. Lentamente me moví por los banquillos hacia la silueta de Diane. Detallé sus curvas a pesar de que tenía una camiseta de algodón ancha.

A su lado aquel cretino de lentes oscuros y pantaloncillos cortos. Ese hombre era grotesco con la ropa pegada a su cuerpo como si fuera dos tallas menos pero el cual parecía atraer la mirada de las madres desesperadas.

Él me vio, pude sentir su odio y eso me divirtió.
Mi incliné lentamente hacia Diane.

- Sorpresa.

- ¿Qué haces aquí?

- Vengo con Tobías ¿lo recuerdas? Él tiene a su ahijado en el equipo ¿o no?

- Diane Morgan, la verdad es una verdadera sorpresa verte aquí.

- ¿Estás bien? -preguntó ese tonto enfocándose en nosotros.

- Claro que está bien -soltó Tobías haciéndose el ofendido- ¿no deberías estar pendiente de los niños?

CAPÍTULO 6

- ¿Lo has resuelto? -preguntó Tobías impaciente- necesito largarme de este lugar. No entiendo por qué a las personas les gusta tanto estos eventos. ¿Conseguiste la muestra?

- Ten; es hora de irnos, ya no tenemos más nada que hacer aquí.

- ¿Tan fácil? ¿Qué ha pasado?

- Nada, tengo cosas que hacer.

Hervía de rabia. Ella pensaba que era indigno de ser su padre como si fuera una mala hierba que debía ser arrancada.

Con ese rostro angelical nadie se dio cuenta que tenía piel y alma de serpiente trepadora. Aun después de tantos años Ryan y el abuelo suspiraban por Diane y es que era inexplicable como ninguno de los tres no logramos sacarla de nuestras mentes. Se metió y arraigó sus raíces en nuestras mentes para así poder vaciar cualquier pensamiento congruente.

- Aquí estás -dijo mi madre deteniéndose al lado de la puerta- ¿estás bien? -preguntó sin dejar de observarme.

- Claro que estoy bien.

- No, no lo creo. Espero que eso no tenga que ver con esa mujerzuela.

Su voz se volvió un ladrido feroz y su expresión fue completamente aterradora. Mamá odiaba a Diane más que su propia existencia, ella no podía ni siquiera soportar escuchar su nombre y eso que mi abuelo no dejaba de llamarla aun en su lecho de muerte.

- Sé por Ryan que has vuelto a verla ¿me tengo que preocupar por eso?

- ¿Me estás vigilando? Porque ya estoy bastante grandecito para esto.

- Los hombres de esta familia son unos verdaderos idiotas por fijarse en una aprovechadora como esa zorra. Yo conozco a las de su clase, cariño. Ella no es buena para ti y para nadie.

- Gracias por advertirme; sé lo que hago, así que no te metas.

- ¿Esa es forma de hablarle a tu madre? -chilló ofendida mientras agitaba sus gruesas joyas haciendo ruido- sólo te cuido, no quiero que intentes hacer lo mismo que la vez pasada ¿te imaginas si no intervengo? Ahora mismo estuvieras casado con ella criando a un hijo que no es tuyo.

- O puede que lo sea.

- No cuando la madre es una zorra oportunista. Bien podría ser del…

- Jardinero -repetí bastante agotado- o de Ryan. ¿Por qué no de él? O también está esa posibilidad de que sea mío.

- Ese niño nunca será como ustedes. No lo aceptaré.

- No hace falta que lo hagas -me encojo de hombros- ya me aburrí; me voy, madre. Descansa. No me llamen para cenar.

Cuando entro a mi recamara voy directo a mis cajones. Hurgo el fondo de mis cosas y encuentro aquella caja diminuta de terciopelo color vino que bien con delicados bordes de piedrecillas blancas como el azúcar. Tener ese objeto ahí era un castigo, una forma simple de torturarme y volver a llamar a los demonios de mi pasado.

Había algo que nunca podría saber y era como hubiese sido mi vida si en vez de humillar a Diane le fuera pedido que se casara conmigo.

CAPÍTULO 7

- Todas las mamás no dejan de hablar de ellos, Diane. Dicen que era como si dos dioses hubiesen ascendido del olimpo -soltó Daniela una vez que deje ir a su paciente.

- ¿Estás segura de que es ascender? -pregunté riéndome un poco de sus disparates- y no es para tanto, sólo dos cretinos.

- No, no, no -frunció sus labios rápidamente mientras chasqueaba su lengua-estaban realmente buenos. Alguien lo ha publicado en el grupo. Es una lástima que no pude ir a ver el partido de mi Jordan ese día.

- A ti nunca te gusta ir a los partidos de Jordan -le recuerdo- y me parece una vergüenza que esas mujeres se comporten como unas adolescentes.

- No es así. Sólo estaban aburridas de ver niños corretear y además estamos cansada de que

Frank te preste atención a ti. Queremos algo diferente para variar. ¿Cuál de los dos es Dave?

- Ese -apunté al hombre alto de traje gris y ligera barba.

- Vaya, es preciosos -jadeó fascinada- y su amigo ¿está soltero?

- Tobías es un hijo de perra. No deberías juntarte con él. Nada bueno puede salir de eso.

- Lo dices porque estás molesta con tu amor del pasado. ¿Qué sentiste al verlo?

Me detuvo a pensar muy bien en la pregunta, pero no podía explicarlo.

- Son muchas cosas, Daniela -me desplomé en la camilla para intenta descansar. Mis músculos se relajan lentamente pero igual tengo esa pesadez en mi cuerpo-me siento a veces esa chica boba que sigue prendada por él.

- El primer amor no se olvida -aseguró mientras enciende un cigarrillo- es natural que estés confundida.

- Él y su familia me hicieron muchas cosas malas. Desde que llegué nunca le gusté a su madre y hermana, Ryan parecía tener las hormonas alborotadas como su hermano y el señor Fausto... era el diablo de ese infierno. Me corrieron de su casa acusándome de ladrona. Me sembraron las joyas en mis maletas, afortunadamente me di cuenta y las saqué antes de que me revisaran en la entrada.

- Esa gente sí que estaba enferma, amiga -ella inhaló lentamente el humo y lo contuvo mientras tenía esa cara pensativa. Sus pequeños ojos rasgados parecían estar cerrados en esa posición y su cabello pegado a su frente no le ayudaba mucho.

- Sí, pero creo que tú más por fumar dentro de tu propio consultorio; ¿no se supone que hace daño para la salud?

- De algo hay que morir ¿o no? -se encogió de hombros- yo de cáncer de pulmón y tú de amo r-suelta guiñando su ojo con picardía.

Aunque lo tomé con humor no era gracioso, esa cosa enfermiza que sentía por Dave definitivamente no era sana. A veces me autoanalizaba, siempre buscaba por qué esa obsesión con Dave.

Tenía que haber una laguna mental en mi niñez que pudiera explicarme muy bien todo lo que me estaba pasando. Quizás de niña me golpea la cabeza y una parte de mi cerebro se dañó y por eso no podía evitar sentirme enamorada de un imbécil.

Vi la hora. Tenía que regresar a casa con la abuela y mi hijo. Eso era bueno. Me sentía animada cuando pensaba en ellos, en ese amor sincero que ambos podían darme y con ello todo estaba compensado.

Era extraño tener a una jefe que se comportaba como adolescente. Al llegar a casa fui recibida desde la entrada por Andrew y un gran abrazo mientras me rodeaba mi cintura. Daniela se despidió con la bocina y Andrew no dejó de decir cosas demasiado rápido pero cuando logré entenderlo ya era demasiado tarde.

En el medio de la sala estaba una enorme caja y mi abuela hurgando curiosamente su contenido.

- Hola, cariño -dijo mostrándome una camiseta de futbol original del equipo favorito de mi hijo firmada por toda la selección par- mira lo que tenemos.

Su nombre ya me estaba produciendo urticaria, mareos y dolor de cabeza. Era un virus, uno peligroso que le daba zapatos de futbol de buena calidad a mi hijo.

- ¿Por qué dejaste que abriera esto? -mi abuela me dio una mirada extraña, luego su sonrisa feliz se volvió asustadiza y yo tragué.

No quería hablarle fuerte a mi abuela. No podía ni siquiera ser un monstruo con ella pero me estaba transformando en lo que no me gustaba.

- Lo siento, abuela -suspiré y me acerqué a darle un abrazo- ¿sabes de quién son?

- Él mismo las trajo, Diane -asintió dejando la camiseta amarilla y verde a un borde de la caja- de verdad entiendo por qué caíste ante él.

- Ya estás vieja para decir esas cosas.

- Soy vieja, pero no ciega -se quejó- y déjame hablar con tu madre.

- Pero quiero ver qué más trajo.

- Después.

Andrew se va molesto. Él tenía un carácter un tanto fuerte a pesar de que era un niño. Podía ser dulce, sí. Pero, cuando se enojaba se parecía tanto a ellos. A todos.

- No caigas en su juego -le advertí- en realidad es un verdadero demonio, abuela.

- Sí, lo sé muchacha. Tus ojos tristes me lo dicen. Y también me dice lo que más temes.

Ambas nos miramos en silencio.

Todo está empañado. Sentí lágrimas estancadas y las obligué que se quedaran ahí mientras estaba frente a la abuela. No lloraría delante de ella, no más. Lloré por nueve meses sin parar y después no había más lágrimas hasta este día.

- También te dejó algo para ti -ella sonrió- en una caja muy elegante, y una carta, cariño. Te dejo, voy a hacer la cena.

Sujeté la pequeña caja y me encantó su suavidad. Era metálica y un poco rosa. Encima de ella estaba mi nombre en pequeñas piedrecillas aperladas.

La agité cuidadosamente por miedo a que sea una bomba y me hiciera explotar pero parece vacía.

Intento pensar en cualquier cosa, lo que sea que este ahí adentro pero nada viene a mi mente.

Muevo mis pies muy deprisa. Cierro mi puerta, coloco el seguro y me desplomo en mi colchón mientras intento calmar mis nervios.

Era totalmente insólito que una cosa como aquella removiera tantas cosas en mi mente. Me giro suavemente, respiro profundo y toco el frio metal mientras la abro lentamente.

Dentro de ella hay un papel de seda blanco y al abrirlo veo unas bragas diminutas con pequeños conejitos estampados. De nuevo se estaba burlando. Abro la carta. Y leo su contenido:

Querida Diane. No he dejado de pensar en el pasado.
Atte. D. W.

Mi ojo izquierdo parpadea. Siempre lo hace cuando me pongo furiosa y ahora... quería colgarlo de sus bolas. Tomo de mi bolsillo mi teléfono y enseguida escribo a su número.

Pienso que no a va a contestarme pero estoy sorprendida, él me atiende a la primera como si estuviera ansioso de mi llamada

- Vaya, vaya -se escucha risueño y burlón desde la comodidad de casa- te has tardado un poco para llamarme, Diane.

- Cierra la boca -rujo como una fiera, quiero sangre, su sangre-. ¿Qué significa esto? -envuelvo como una pelota esa bragas blancas e infantiles lo más que puedo.

- Un recuero. Es mi presente para ti.

- Cállate, Dave y déjate de esos juegos estúpidos.

- No estoy jugando, querida. Sólo te doy un regalo ¿no te acuerda de quién son?

Claro que me acordaba de quien era. Son mías.

Esos recuerdos que me producían aquellas bragas vinieron como flamas potentes hacia mí para reducirme a cenizas.

- Son aquellas sexys bragas de esa noche -su voz se volvió profunda y misteriosa- las cargabas puesta, estaban mojadas como todo tú cuerpo. Tu camisa se transparentaba en tus curvas y me daban una deliciosa noción de lo que sería tu desnudes. Se me pone dura cuando pienso como te veías con ellas puestas. Ellas cubrían esa superficie que tanto deseaba devorar lentamente con mi lengua.

El recuerdo me sacude fuertemente. Es más como si estuviera justo ahora frente a él sintiéndome excitada y llena de miedo como la primera vez.

- ¿Te acuerdas de eso? -preguntó con voz profunda- te gustaba que te lamiera lentamente y luego metiera mis dedos uno por uno.

- Cállate -solté rápidamente mientras apretaba mi pecho.

- ¿Por qué, Diane? ¿Eso te excita? Puedo imaginarme cómo tus pezones se endurecen mientras tenemos esta llamada. Diablos -jadea-. ¿Qué llevas puesto? ¿La braga, quizás?

- Vete al infierno.

Mi cuerpo tiembla y cae sobre el colchón mientras me acurruco completamente e intento olvidar cómo estaba reaccionando. De pronto me sentí desesperada, como si una parte de mi ansiara enloquecidamente que él me tocara a su forma posesiva y salvaje

Mi teléfono suena una vez más pero esta vez es un mensaje.

Lo levanto ligeramente y ahí está su nombre en blanco gritándome que lo abra y al hacerlo veo una imagen nítida de su miembro endurecido.

Una ráfaga de calor inunda mi cuerpo. Siento que mi quemo lentamente y mi entrepierna se vuelve un volcán activo apunto de hacer erupción mientras veo su longitud y grosor y me imaginé cómo aquella carne se introducía lentamente dentro de mí y cuando me doy cuenta yo estoy ahí tirada en la cama acariciando mis senos lentamente y mi entrepierna para torturarme con esos recuerdos.

CAPÍTULO 8

Entré a la mansión luego de casi once años. No pude evitar sentir esa lluvia de recuerdos amargos que pasaban por mi cabeza. Muchos de ellos hacían que mis piernas temblaran y los otros, todos los que tenían que ver con Dave producir que mi corazón latiera con fuerza.

Era la primera vez que entraba por la puerta grande y aunque todos me lazaban miradas de no bienvenida yo podía sentir un ligero respiro al no darle aquel gusto.

En el interior seguía todo como lo había dejado. El piso de mármol relucía tan brillante que podía ver mi reflejo en él. Los jarrones siempre tenían flores frescas y estaban esas ostentosas decoraciones al estilo clásico que tanto enorgullecía a la madre de Dave.

Todos ellos estaban tan preocupados llenando aquellos vacíos con lo material y no tenían idea que sus cerebros y corazones se volvían casa vez más negro a excepción de una persona.

Una mujer baja y delgada camina por las escaleras a nosotros. La reconozco, ella es Bella Westerfeld, madre de Dave y Aurora y una autentica bruja. Ella tenía aun ese aire imponente como el de una tigresa bañada en oro mientras se acercaba celosamente a sus cachorros.

A su lado, mucho más atrás arrastrando sus pasos estaba Ryan. Mucho tiempo y mis sentimientos por todos ellos estaban intactos. Verlos me hizo sentir confundida, mi mente se vuelve frágil al sin fin de emociones que sacude mi corazón mientras recuerdo todo lo que habíamos vivido.

- Hola, Diane -Ryan dijo.

Quiero sacarle el dedo medio y gritarle que se pudriera, pero no lo hago. Les daría gusto a aquellos demonios de comportarme como una salvaje sirvienta.

- Esta mujercita no lleva ni cinco minutos aquí y mira todo lo que ha causado -dice ella sin molestarse en mirarme.

- Yo tengo mi nombre -digo de pronto mientras que me inyectaba de falsa valentía- y también es un gusto poder verla, señora Bella.

- ¿Me llevas a mi habitación? -sonrío a Dave quien está perplejo sobre todo cuando me enrollo cariñosamente a su brazo y entrelazo sus dedos a los míos.

Era la primera vez que lo hacía y se sentía muy bien. Casi podía sentirme protegida por el mayor imbécil de la casa, por eso tengo que recordarme que todo esto es por ver como la piel templada de Bella Westerfeld lucha para no arrugarse de la rabia.

- Deberías recordar donde queda -Aurora dice mientras señalaba hacia el ala gris y vacía perteneciente a la servidumbre.

- Cierra la boca -dispara su hermano.

- No eres un sirviente -su madre replica casi ofendida.

Dave la ignora y yo lo sigo casi que aferrándome a su espalda. Al menos entiende que no quiero seguir más tiempo en presencia de ese par de arpías. Ambos subimos hacia las habitaciones. Puedo reconocer claramente el camino. Esta parte de la casa llevaba justo hacia su aposento y me detengo.

- ¿A dónde me llevas? -pregunté deteniéndome en frente de la encrucijada de puertas a mi alrededor- tú duermes aquí.

- Estarás bien si estás cerca -me dijo mientras abría la puerta- pusiste como exigencia que tenía que evitar a toda costa que mi familia no se comportara como unos imbéciles y sabes que no puedo evitar eso pero si alejarte lo más que pueda de ellos y este es el mejor lugar. A mi lado.

Por alguna extraña razón siento un dolor en mi vientre cuando dice esa frase. Dave señala con su cabeza su interior y pasa. Yo le sigo tímida mientras paso aquella habitación enorme. Me fijo en sus grandes arañas de cristales colgadas en los techos y en esa cama enorme de almohadas esponjosas que yo solía cambiar cada semana.

- Esta es tu nueva habitación; descansa. Vendré por ti para la cena.

- No voy a cenar con ustedes.

- Lo harás, Diane ¿vas a demostrarles a ellas que les tienes miedo?

- Cualquiera pensaría que estás de mi lado.

- Yo sólo estoy donde tengo que estar –se acercó lentamente. Su hombro roza el mío y es como si una corriente eléctrica pasara de su cuerpo.

- Sí, siempre tienes que ganar en todo ¿cierto? - mi tono es acusador pero pausado.

- Eso es porque nací siendo un ganador -simplifica mientras se encoje de hombros- dije que llenaran tu armario de ropa nueva.

- ¿Por qué? -pregunté un poco molesta- ¿ahora te disgusta mi forma de vestir?

- ¿Bromeas? detesto esos jeans y esa camiseta, se nota que no lo intentas.

Sus ojos sobre mí me hacen sentir vulnerable. No puedo evitar abrazarme a mí misma mientras intento huir pero me bloquea el paso.

- ¿Qué? ¿Nerviosa? -sonrió burlonamente.

- ¿Y tú acaso te volviste un experto en moda?

- No en moda. Tengo ojos, Diane y los míos quieren ver ropa hecha para mujer que se adhieren a esas perfectas curvas -su comentario me altera. Siento cómo algo revolotea en mi interior rezo para que no se dé cuenta de lo nerviosa que estaba- aunque es más encantador verte completamente desnuda.

- Ya quisieras -lo ignoro mientras me adentro al guardarropa.

- Ella es Edith, se encargará de ti. Pídele todo lo que necesitas.

Me volteo para verla. Editrh es linda, y dulce. Noto la timidez en sus ojos verdes y risueños. Por alguna razón me reflejo en ella, en ese uniforme incómodo que servía como blanco de burlas para todos ellos.

- Hola -le sonrío mientras ignoro la salida de Dave.

- Hola, señora -hace una reverencia elegante-. ¿Puedo? -preguntó señalando mis maletas.

Estaba segura de que Bella estaba detrás de eso.

La chica caminó directamente hacia mis maletas y las abrió delicadamente. Con mucho cuidado sacó mi ropa y fue al armario a colocarla a un lado.

Por instante me avergoncé que esos viejos trapos fueran colgados al lado de aquella opulencia.

- ¿Qué edad tienes? -le pregunté mientras me incorporaba a su lado.

- 18 años, señora.

- ¿Por qué alguien como tú, tan joven trabaja aquí?

- Soy huérfana. No tengo a donde ir, la madre superiora del orfanato me consiguió este trabajo hace dos meses.

- No tenía ni idea.

- Está bien, no pasa nada -dice con una sonrisa tranquilizadora- no me veo viviendo aquí toda la vida. Sólo voy a ahorrar lo suficiente y viajaré al mundo.

- Eso es genial. Viajar a todos lados, me gusta. Espero que lo puedas hacer -dije sinceramente- ahora sólo me queda sobrevivir hasta mañana con este nido de víboras -ruedo mis ojos mientras me aplasto en la cama.

- ¿Usted es la esposa del señor Dave? -preguntó un tanto extrañada.

- No, Dios me libre de casarme con ese huraño. Yo trabajé como tú aquí hace once años -confesé y obtuve su completa atención- fui sirvienta y luego de eso huí -tengo cuidado de no contar toda mi historia, no quería asustarle-por eso los conozco y al parecer de forma extraña me han incluido en el testamento del señor Fausto.

- Entonces es por usted que hay tanto alboroto.

- Sí, me imagino que has escuchado lo peor de mí.

- Pues…yo…

- Tranquila, no tienes que responder eso. Pero estoy segura de que sí y bueno. A veces eso no se puede evitar.

- Lo que no entiendo es que usted habla de un día para estar aquí cuando la lectura del testamento se hará el lunes.

- ¿Qué dices? -pregunto mientras me levanto de súbito-. ¿Cómo que el lunes? -mi reacción fue tronar mis nudillos mientras que la furia me envolvía.

- Sí, eso es lo que han dicho ellos todo el tiempo que la…

- Un maldito lunes -solté molesta- pero cómo es posible…-lo era. Todo es posible y más con Dave en medio- ese hombre… voy hablar con él -gruñí enfurecida.

Molesta fui a su habitación. Quería reclamarle y dejarle muy en claro cómo eran las cosas, yo no era una marioneta en este juego. Con grandes pasos que amenazan con agujerear el suelo me fui hacia su habitación, pero todo estaba sumamente tranquilo.

Escucho una suave música de fondo con una voz muy sensual de una mujer que canta sobre la seducción un hombre. Su letra es trillada pero el ritmo lo compensa todo.

Sigo el sonido de una suave carcajada de Dave. Una vez más me acuerdo a que había venido y voy hacia el sanitario.

Abro la puerta y veo como el cristal de la ducha revela su desnudes mientas que el agua lo acaricia apasionadamente. Mi boca se entreabre ligeramente. No digo nada, sigo más asombrada por cómo me siento mientras admiro aquel pecho estupendamente trabajo y sus brazos esculpidos a la perfección. Incluso ahora estaba en mejor forma que hace tiempo atrás.

Me siento atrapada, siento como algo se alborota dentro de mi vientre y mucho más abajo. Es caliente y húmedo y hace que mi corazón se dispare.

- ¿Has cambiado de opinión? -preguntó mientras se dibujaba una sonrisa malévola en sus labios- has llegado a tiempo, Diane. Necesito ayuda con el jabón.

- Déjate de estupideces, Dave -exclamé mientras me daba la vuelta- yo... -intento disculparme, pero luego recapacito y no lo hago. *Que vaya a freír espárragos si quiere*- yo he venido aquí ha... -no recuerdo mucho, pero era importante-. ¿Por qué no mediste que esto se tardaría más tiempo? Dijiste que era un día, no un largo fin de semana.

- Exigencia del abuelo.

Escucho como corre la puerta. Sus pasos son lentos, pero aun así puedo sentir cuando se acerca hacia mí.

- Eres un mentiroso -le digo molesta- eso no estaba en el trato.

- Al diablo con el trato -dice mientras tomaba mi brazo y me obligaba a voltearme frente- no estás molesta por eso -me asegura- hay algo más -dice mientras intenta indagar hondo.

- ¿Qué otro motivo? -pregunto ofendida.

- Pues - me empuja contra la pared de cristal con mucha fuerza.

- Has venido a verme -susurro muy despacio.

La cálida corriente de su aliento me obliga a cerrar mis ojos. Su respiración es lenta y me hace cosquillas en mi cuello. Aprieto fuertemente mis nudillos, intento buscar fuerzas para empujarlo y marcharme, pero no lo logro.

Su mano se pasa lentamente por dentro de mi camisa y palpa mi desnudez hasta al punto de derretirme.

- Basta, Dave -digo, pero no sueno convencida.

- ¿O qué? -pregunta mientras atrapa mi seno.

Sus dedos se desvían a mi pequeño y ansioso pezón que se muere por ser pellizcado. Él aprieta suavemente y sin querer abro mis labios y siento su lengua que se hunde para devorarme sin piedad.

Mi cuerpo se mueve en un intento fallido de lucha. Dave me domina y caigo rendida ante su hechizo de demonio perverso y sin nada mas solo me rindo y abro mis piernas mientras me eleva para cargarme. Yo rodeo sus caderas y soy llevada dentro de la ducha.

Escucho como el agua cae en una ligera cascada sobre nosotros. Me encuentro resbaladiza y sin poder respirar mientras prolongo aquel beso y mis caricias sobre sus fuertes brazos.

Hay algo dentro de mí que me grita que siga y el deseo crece como una chispa cayendo sobre pasto seco y me enciendo completamente.

Dave se deshace de mi camiseta y yo lo ayudo con mi sostén para liberar mis pechos y automáticamente su boca va hacia ellos para lamerlos y chuparlos con fuerza mientras cierro fuertemente mis ojos y siento como se escapa mi alma en estos momentos.

Mi desesperación me empuja a hundir mis dedos en su espalda y jadear poderosamente mientras siento como las flamas se incrementan.

Mis nervios tiemblan debajo de mi piel mientras él me sostiene sin ningún problema como si mi peso no fuera importante. Su toalla se desploma en el suelo mojado y puedo sentir su pene erguido frotándose contra mi vientre.

Mi boca absorbe el agua de su piel mientras aprieta mi cadera e intenta deslizar mis pantalones hacia el suelo pero entro en pánico y me detengo.

Dave se vuelve de piedra, su rostro esta perplejo, casi podría decir que ofendido y se vuelve peor cuando intenta reanudar nuestra sesión de besos, pero la voz de Bella nos detiene.

- Dave -chilla ella detrás de la puerta y siento que voy a morir de vergüenza-Dave, sal de una vez, tenemos que hablar -ella exigió dando fuertes golpes.

- No te muevas -me ordena mientras desnudo sale de la ducha.

Toma una bata de baño y se cubre para atender a su madre. Mientras, yo toda empapada y enrojecida me apoyo en la puerta escuchar su conversación.

- ¿Me vas a explicar qué fue todo eso? -su voz tembló por su furia- no sólo le faltas el respeto a tu tío de esa manera, también te burlas de todos dejando que esa mujer te tome de la mano como si…

- No me importa tu opinión y la de ellos. Tengo mis razones de porqué hice las cosas. Y lo advierto de una vez, si ese sujeto hace algo que me enfurezca se va ¿lo entiendes?

Podía sentir la tensión entre aquellos titanes. Ambos tenían el mismo temperamento desbocado, sólo que por alguna razón Bella daba mucho más miedo.

Era casi extraño que detrás de aquel hermosos y tenso rostro se escondiera uno de los peores caracteres de las personas y más atrás su hijo le seguía los pasos.

- Lo único que no puedo entender aquí es cómo dejas que esa mujerzuela haga lo que se le dé la gana contigo. Me hace dudar de si eres apto o no para ser el jefe de esta familia.

- Eso afortunadamente no lo decides tú -escucho esa sonrisa ganadora e irritante.

- Te vas a arrepentir de esto, Dave -gruñó ella y más atrás se escuchó un gran portazo.

Retrocedo rápidamente cuando Dave abre la otra puerta. Su rostro es casi irresistible cuando trata de aguantar las ganas de reírse. Sus cejas gruesas le dan un aspecto casi malvado mientras las alza hacia su frente.

- Ya estarás al tanto de todo ¿no? -pregunta viniendo hacia mí y me toma de mis caderas.

Nuevamente siento como aquella fuerza entre en mi cuerpo. Me estremezco y tiemblo de miedo. Tengo que retroceder y lo hago.

- ¿Qué diablos te pasa? -suelta mucho más molesto delo que me imaginada.

- No soy tu juguete -le empujo para marcharme.

- Todos son mis juguetes aquí, Diane. Pero a diferencia de ellos tú…

- Deja de ser ridículo. Exclamé -y déjame en paz.

- ¿Por qué? -pregunta detrás de mí- no entiendo cuál es ese motivo de negarte.

Abro mis ojos llenos de sorpresa.

- ¿Es enserio? -pregunto una vez más. Muerdo mi labio con fuerza. Suelo hacerlo cuando estoy sumamente furiosa como en este momento.

- Eso está en el pasado -suelta despreocupadamente- no entiendo por qué te empeñas en hacerte la difícil. Se supone que ya no sientes nada por mí, entonces podemos pasar el rato sin ningún sentimiento de por medio ¿no lo crees?

Me doy vuelta y me marcho. No iba a seguir escuchándolo o simplemente me quebraría ante él y eso le daría cierto poder a su ego tan cerrado.

Apenas hace unos días decía que lo sentía y ahora se comportaba como un cretino con todas esas ideas de diversión y sexo que conllevaban a un solo fin y era seguir lastimándome.

El verme rota lo hacía sentirse poderoso. Estaba acostumbrado a que me arrastrara a sus pies. Lo había hecho mucho en el pasado. En ese entonces pensé que Dave era mi verdadero amor.

A pesar de aquella miraba morbosa que estrangulaba mi cuerpo y me hacía brotar miles de conexiones eléctricas en mi interior yo podía ver su alma. O eso era lo que creía. Todo aquello fue producto de mi imaginación. Después de todo el quería lo mismo que querían todos los de su familia, divertirse con quien ellos creían que eran seres inferiores.

CAPÍTULO 9

Todo era igual que siempre. Los Westerfeld eran la misma gente aburrida y ególatra que miraban a los que no eran como ellos como asquerosas cucarachas.

La única persona ligeramente decente era el amargado y racista tío Austin. Era algo huraño, pero cuando lo conocías bien e ignorabas su mal carácter te podía caer muy bien.

- En el fondo me alegra que no estés con ese idiota. Es mi sobrino, pero esa mujer lo ha consentido mucho metiéndole ideas absurdas sobre ser dueño de la familia. Mi hermano nunca se dio cuenta de eso y mi sobrino mucho menos. Aquel par de estúpidos veían por los ojos de esa bruja. Ella le arruina la vida a cualquiera, incluso a los de su propia estirpe.

Asiento seriamente. No era agradable para nada tocar aquella tecla. Bella Westerfeld era una bruja odiosa, perversa, una perra sanguinaria que te podía desmoronar con el ligero chasquidos de sus dedos.

- Tengo que ir al baño -me excusé levantándome.

Voy hacia la zona de las recámaras. Ya había sido suficiente de Westerfeld por un día y necesitaba poder recargar mis baterías si iba a estar metida en este hueco lleno de serpientes.

Yo quería salir huyendo, pero eso no iba a arreglar nada, sólo seguiría involucrando más a Dave en mi vida. Él tenía la potestad de poder arruinar mi vida si quería y no lo dejaría hacerlo de nuevo.

Paso cerca del estudio. Esta casa tenía grandes corredores bien iluminados que absorbían el ruido de mis pisas y cualquier tipo de voz.

Un chillido llega a mis oídos. Me detengo. Puedo entender lo que eran sollozos y un suave murmullo que intenta calmar aquellos gemidos lamentables. Me acerco lentamente mientras siento como recorre corriente en toda mi espina dorsal.

La puerta está ligeramente entreabierta y la luz se cuela suavemente hacia el pasillo. Puedo ver la espalda ancha y regordeta de un hombre. Al principio no puedo reconocerlo, pero ese sonido de su voz era totalmente inconfundible.

- Vamos, cariño. Sabes que quieres esto, siempre lo has querido -susurró atrayendo más chillidos.

- No, por favor -ella suplicó y muchos recuerdos vinieron a mi mente y me enfermaron- te lo pido, ya no más.

- Vamos, princesa, siempre es lo mismo y termina gustándote. Ahorrémonos esas palabras -y tomó aquella pequeña figura vestida con seda fina y transparente y la deposito bruscamente sobre el escritorio.

Mi corazón martilló. Siento mis manos frías y mi estómago quiere devolver todo el contenido de la cena. De pronto mis músculos se detienen y veo a Emanuel, aquel viejo asqueroso levantar la falda del vestido de Aurora sin piedad.

- Mira que piel tan suave -sus dedos rasposos parecían rasgar los muslo de Aurora mientras acercaba su rostro a su entrepierna para inhalar su aroma y siento cómo algo por dentro me golpea.

Corro, me voy lejos mientras cierro mis ojos y lloro envuelta en pánico, no dejo de temblar mientras mi sangre se petrifica por dentro mientras vienen todos esos…no, no puedo seguir, más.

Ahora la culpa me corroe por dentro. Yo estoy corriendo y la dejo a su suerte. Ella era una zorra, sí, pero no se merecía esto por el amor a dios. Ahora tengo que devolverme con pasos furiosos hacia esa oficina mientras que busco algo que pueda servirme como defensa.

Tomo un cenicero de cristal pesado y siento como el me brinda todas las fuerzas mientras empujo la puerta y le doy en la parte trasera de su cabeza.

Su rechoncho cuerpo cae sobre ella.

Aurora tiembla, su delicado rostro nunca antes se había visto tan frágil. Por primera vez veía una parta humana y asustadiza que necesitaba urgentemente un abrazo pero en lugar de dárselo me detengo admirarla mientras ellas empuja a ese hombre y lo manda hacia el suelo.

Es la primera vez que me doy cuenta que lo había noqueado o quizás lo había matado y ahora yo soy la que está muerta de pánico queriendo correr pero la mano de ella me lo impide. Podrá estar temblando, pero aun así tenía la fuerza suficiente para sujetarme.

- No te muevas -me ordena y se inclina ligeramente para palpar su cuello con las lágrimas manchando la tersura de sus mejillas- respira -suelta para mi alivio y luego lo patea- maldito miserable -grita y lo patea nuevamente- hijo de perra, asqueroso.

Comprendo perfectamente todo lo que siente por dentro. La impotencia se convierte en rabia y esta fluye mientras lastima esa bola inerte una y otra vez hasta que decido detenerle.

- Suficiente. No vale la pena -le advierto y aquella Aurora asustada se esfuma y deja mostrar a una llena de odio.

…

Había sobrevivido mi primera noche en ese manicomio. Una vez más fui testigo de esa maldición que se cierne sobre ellos ¿o quizás sean ellos mismos esos demonios?

Mientras más convivo con ellos me doy cuenta de que cada vez que pasaba algo malo ellos tenían que estar en medio de todo.

No puedo evitar sentir culpa por lo que le había pasado a Aurora. Quería de verdad poder apoyarla, pero ella era tan orgullosa que jamás permitiría que yo me le acercara y si lo pensaba bien era mejor así. Solo no quería revivir esos duros momentos.

Luego de levantarme me doy una larga ducha creyendo que el agua tibia desapareciera todos mis problemas, pero la verdad justo en este momento me acuerdo de ese episodio de ayer cuando contemplé aquel musculoso y duro cuerpo de Dave.

Él era tan alto y tan duro como una montaña la que no me costaba nada treparlo. Sin duda alguna los años solo había servido para aumentar aquella masculinidad que lo caracterizaba y yo seguía siendo una boba por seguir pensando en él y esa forma salvaje y tan sensual de tocarme.

Pero, así como estaba en el cielo ahora caigo y me doy justo contra la realidad. Él no me amaba, solo jugaba conmigo y me había engañado, otra vez. El hecho de quedarme todos estos días conviviendo con su horrenda familia solo me asustaba. Yo no era grata para ninguno de ellos y nadie se había encargado de disimularlo.

Voy descalza hacia el gran armario y una vez veo toda esa cantidad exagerada de ropa que estaba colgada. Todos esos vestidos eran nuevos y una de sus prendas valía más que toda mi guardarropa.

Ver todos esos lujos solo me enfurecían ¿acaso no podía ser más obvio? Todo lo de su abogado había sido un plan para molestarme y aquellas hermosas ropas eran prueba de ello.

Aprieto y retuerzo la tela gruesa de la chaqueta café y siento su buena calidad rasgar mis dedos. Nunca había tocado algo tan precioso y que podía combinar con esa camiseta negra y los pantalones cremas que se ceñían a las curvas de mis piernas y que hacían juego unos botines del mismo color de la camiseta.

En un abrir y cerrar de ojos estoy pesando esa hermosa y odiosa ropa. Mi orgullo había sido pisoteado por mi vanidad al ver lo hermosa que me veía con aquella ropa.

Me intento convencer a mí misma, pero la verdad así mismo había dicho la noche anterior mientras desfilaba ese hermoso vestido empedrado con largo escote en los pechos.

La puerta suena bruscamente y luego se abre sin piedad. Dave entra como una ráfaga fúrica de viento mientras lucía demasiado sexy de ropa informal. Unos jeans sencillos y una camisa de algodón oscura.

- ¿Sabes qué hora es? -gruñe mientras se apoya en el marco de la puerta-maldición, muero de hambre y tú te tomas todo tu tiempo.

- Vete al demonio -chillo sacando mi dedo medio- no tienes por qué esperarme -le grité pasando a su lado- y para la próxima espera a que te dé permiso de entrar a mi habitación - advertí deteniéndome justo enfrente de él.

- ¿Nerviosa por lo que pueda ver? -preguntó alzando su ceja y acercándose un poco más hacia mí- ¿le tienes miedo a que no pueda detenerme si me gusta?

Cierro mis ojos y una fuerte punzada atraviesa mi vientre. El sí sabía cómo sacudirme sin tocarme. Aquel estremecimiento es mi forma de saber que tengo que alejarme.

- Calla y sigue tu camino cobarde. Veo que prefieres lidiar a solas con mi familia que conmigo.

Mis pies se detienen automáticamente. Mis suelas chillan al frenar y casi me voy hacia adelante pero su brazo fuerte me detiene.

Me sacudo rápidamente. Aunque él tenga razón y yo necesite de su compañía ahora no se la dejaría tan fácil.

- Vamos, madame -suelta mientras se aferra a mi brazo como si fuera un caballero y me escolta para mi mala suerte hacia la enorme mesa de desayuno.

Nunca antes había estado en un desayuno tan escalofriante como este. A pesar del sol, del hermoso cielo y de los rosales resplandeciendo de belleza podía verse esa aura tétrica que todos emanaban.

- A comer con los monstruos -suelto en voz baja pero la sonrisa de Dave me dice que me ha podido escuchar.

- Llegas tarde -Bella le reprocha a su hijo- no entiendo por qué tu retraso -suelta como si no existiera.

- Lo importante es que he llegado -dice mientras se sienta en el centro de la mesa como si fuera el rey- ahora todos pueden desayunar- les ordena a sus pequeños títeres.

No puedo evitar darle un breve vistazo a Aurora. Ella estaba ahí fingiendo que comía sus pequeños trozos de frutas mientras que en el otro lado el tío Emanuel lucía callado y un tanto nervioso observando al resto de los demás como si temiera lo peor.

- Buenos días -dice Ryan trotando hacia nosotros, justo a mi lado y toma asiento.

- llegas tarde, idiota -ave le regaña mientras toma su dosis de café amargo de cada mañana.

- No creo que tengas derecho de decirme algo.

Giro rápidamente mi rostro al otro lado. Prefería ver al cretino de Dave que compartir el mismo aire que con Ryan.

- ¿Ahora qué hice? -pregunta Dave como si pensara que mi rabia era con él.

- Nada.

- Bien, pensé que mi forma de comer también te había ofendido.

-no estoy para bromas -advierto sirviéndome jugo de naranja recién exprimido.

- Nunca está -refunfuña- sólo para insultar.

Una risa mínima se afloja de mis labios y su rostro se enrojece.

- ¿Qué es lo gracioso?

- Tú -suelto, dejo que toda la mala energía de Ryan se esfume y ahora solo lo miro a Dave y el azul turbio de sus ojos- no sabía que te estaba lastimando.

- Búrlate -suelta inclinándose ligeramente hacia mí- el que ríe último ríe mejor -suelta esa estúpida frase y de no ser por su mano adentrándose hacia el interior de mis muslos podría haber dicho algo ingeniosos, pero estoy ahí como una vara, inerte, dura pero completamente hambrienta de placer.

Le di gracias a Dios por traer un pantalón porque de haber estado en contacto con su piel estaba segura de que estallaría delante de todos.

- Te lo dije -dice sonriendo.

Tiene la más hermosa de las sonrisas, muy linda para provenir de un amargado como él. Sus labios eran suaves., carnosos y de rosa como el salmón que cuando dibujaban una sonrisa hacia que mis bragas se cayeran.

- Oigan -gritó Austin mientras golpeaba la mesa.

- Por Dios, tus modales -refunfuña Bella iracunda.

- Los modales en tu mesa me saben a puro estiércol -suelta con dureza y nada de delicadeza para una dama lo cual es gracioso pues Bella estaba que se retorcía de rabia.

- Papá, por favor -su hijo intentó calmarlo.

- Cierra la boca, idiota -gritó y golpeó la mesa para que todos prestaran atención-ya que voy a estar todos estos días compartiendo su mismo aire propongo una cacería de patos.

- Eso suena interesante -contesta el tío Allen.

- Eso es barbárico -chilla Aurora lo cual es sorpréndete para como era ella- aun no puedo creer que piensen en eso.

- Cierra la boca, zorra -ruge el tío Austin- tus productos de belleza son probados en animales y no veo que te quejas-suelta.

- Por Dios -Bella se levanta y lanza el cubierto contra su plato.

El sonido crea una tensión mil veces más potente que la de hace cinco minutos atrás.

- Lo botas tú o me iré yo -le advierte a Dave.

Su rostro era de roca, pero conocía aquel brillo en su cara cuando disfrutaba ese tipo de discordia. Le encantaba las peleas y no le importaba si involucraban a su hermana y su madre.

- Deberíamos calmarnos -suplica Ryan- vamos, por favor, tío Austin sabes que no puedes manejar un arma y ninguno de nosotros vamos a irnos hacia la zona boscosa.

- Niñitas -suelta el hombre completamente herido- has creado puros maricones, Bella. Deberías estar feliz. En mis tiempos…

- Ya no son tus tiempos -Bella se defiende- y mis hijos no son unos… eso mismo así que te pido que por favor te disculpes.

- Puedes besar mi maldito trasero. -

Instintivamente me giro hacia Dave, él tiene que parar el inicio de esta pelea, pero está ahí con esa sonrisa sardónica disfrutando que su propio tío insulte a su madre.

Le doy un toque un tanto brusco con mi codo. Él se encoje de hombros, alza sus hermosas cejas y sigue sonriendo mientras que los demás temen decir palabra alguna.

- Haz algo -hablo entre dientes- para esto.

- ¿Qué? Es divertido -suelta y va por un sorbo de su café- ya sabes lo que dices, si no hay una pelea Westerfeld en una reunión familiar entonces no es divertida a la reunión y ésta está prometedora.

- Eres un cínico -le digo mientras le empujaba- haz algo, por el amor de Dios.

- Dios, eres una verdadera molestia, Diane - suelta- esto tendrás que compensármelo -él se levanta bruscamente y se coloca en el medio de ambos.

Todos los ojos ahora estaban en el nuevo cabecilla de la familia. Dave no era el tipo más dulce y mediador del mundo. Él siempre tenía que tratarlo todo a su modo y la única forma que conocía era la de ser un tirano implacable.

- ¿Puedo saber qué les pasa? Me han arruinado el desayuno los dos –suelta a ambos en voz alta- estoy harto de sus estúpidas peleas y si van a seguir así entonces será mejor que ambos se retiren.

- Tú no me dices qué hacer, muchacho -suelta el tío Austin lanzando su plato de comida.

- En eso te equivocas, querido tío. Haré lo que se me dé la maldita gana, todos ustedes me pertenecen.

Las arrugas del pobre hombre se marchitaron mucho más con las palabras crueles de Dave. Michael se levanta para llevarse a su padre pero el hombre está tan furioso que le da un manotón para alejarlo.

- Ya son demasiados mis años como para que un mocoso malcriado me trate como una basura porque diga la maldita verdad. Todavía no entiendo qué fue lo que vio mi hermano en ti -

escupió como ogro- eres un malcriado egoísta que se deja manipular por las estúpidas ideas de esta mujer.

- Cállese, viejo -suelta ella intentando protegerlo- tú no sabes de lo que estás hablado.

- Lo sé, sí que lo sé. Vi cómo manipulaste a mi hermano y a mi sobrino por mucho tiempo y también lo haces con tus hijos. Te quieres creer dueña de la familia cuando no eres dueña de nada, eres una camarera que tuvo suerte de enamorar a un idiota como mi sobrino.

- Y tú estás celoso de que a Fausto le hayan dado el control de la familia ¿no?

- Suficiente los dos -gruñe y con eso es suficiente para distanciarlos- ahora mismo se van.

- ¿Qué? -chilló Bella sorprendida- no puedes hacerme esto, Dave. Soy tu madre.

- La regla son para todos y si me arruinas mi desayuno entonces te vas.

Respiro profundamente. Intento descifrar que hay en su mente. Por más que trataba de pensar en él no hallaba resultados concretos solo incongruencias de lo que pasaba por su cabeza.

- Pero… -sus labios carnosos temblaron y de pronto ella se giró hacia mí. Todo es culpa de esa maldita mujer ¿no es cierto? -gruñó mientras daba largas zancadas hacia mí- ¿no te cansas de hacerle daño a mi familia?

Mi pulso tiembla pero no sé si es del terror o de la rabia que tengo por dentro. Pero lo que sí sé es que me levanto y ambas nos miramos frente a frente. Ella parece sorprendida de que lo haga. Mientras vivía con ellos hace años nunca pude mirarla muerta del miedo.

- La única que le ha hecho daño a su familia es usted -le apunté- y más le vale alejarse si no quiere que me abalance y le quite esas costosas extensiones.

- Oye -gruñe uno de los tíos- no puedes decirle eso a ella, muchacha.

- Puedo porque quiero -le grito- no voy a permitir que ninguno de ustedes me pisotee. Eso que les quede claro.

- Lo único claro que nos queda aquí es que eres una zorra caza fortunas.

- Suficiente, mamá -Dave se interpone en medio de ambas.

Aurora se coloca al lado de su madre pero no dice nada, ni siquiera me mira a los ojos, ahora sosteniéndola con cuidado de que no se abalance contra mí.

- Suficiente, mamá -Ryan la toma del otro brazo- será mejor marcharnos.

- No, no lo haré. Que se vaya la puta de Dave, pero no yo.

- Di una maldita orden -Dave no le da más opción- te dije a ti y a todos aquí que nadie podía meterse con Diane, así que ahora asume las consecuencias.

- Que ella asuma las suyas propias-sus ojos se encendieron como una hoguera y sacudiéndose de sus hijos se dio la vuelta para marcharse.

Mi estómago sintió una presión que me generó dolor y esa sensación de que me había metido en algo sumamente peligroso.

- Lo siento, Diane. Disculpa a mi madre -Ryan dijo mientras se marchaba detrás de ella.

CAPÍTULO 10

- Lo siento, mi señor -dijo la muchacha temblando- ella dijo que no vendrá a cenar.

Arrojó contra el suelo la copa de agua. Todos me observaban un segundo, pero luego desviaron su mirada temiendo que sofocara mi ira contra todos.

- Cálmate, Dave -Tobías me pidió con su típica serenidad.

- Esa maldita mujer -masculló.

- ¿Qué es lo que querías? Tu madre la humilló delante de toda su familia. Nadie la quiere. Es obvio que ella se siente lo suficientemente incómoda para no venir a cenar con todos. Creo que tu plan ha salido muy mall.

- ¿Qué plan? -pregunté furioso.

- No soy tonto. Estoy seguro de que cambiaste la fecha de la lectura del testamento para retenerla ¿o me equivoco?

- Cierra la boca.

- Lo haría como tu abogado, pero soy tu amigo y tengo derecho de decirte la verdad. La amas y te corroe por dentro no poder controlarla es por eso que me pediste lo otro.

Me aferro al tenedor. Tengo ganas de hundirlo en sus ojos y él se ríe advirtiendo mis pensamientos.

- Oh, vamos. No dije nada -se encogió de hombros.

- Vino -exijo a uno de los sirvientes.

- Por Dios, Dave -suelta Tobías- ¿podrías comportarte? Ella no tiene la culpa.

Gruño y luego me llevo la copa a la boca. Doy un sorbo largo. Quiero borrar su saliva de mi boca, pero sus recuerdos me atropellan.

- Voy a ir a buscarla -intento levantarme, pero Tobías me empuja contra la silla-ni en tus sueños. Sólo dale tiempo, Dave.

- ¿Por qué la defiendes tantos? Pensé que la odiabas.

- No la odio -niega con su cabeza- la compadezco. Nadie de aquí la quiere y tú la acosas. Debe ser verdaderamente duro tener que aguantarlos a todos ustedes.

- No me importa, ella hizo un trato conmigo.

- Sí, pero esto es demasiado. Sólo la asfixia.

- Se pondrá peor cuando tenga los resultados en mis manos -juré- cuando sea así ella hará lo que yo quiera.

Esa idea estimula mi cabeza. Me encanta que Diane este a mi merced y se someta a mis órdenes y pensar que dentro de poco estará en mis manos me daba unas cuantas ideas para someterla.

Tomo el último sorbo de mi vaso. A la botella le quedan un poco más de tres dedos. Pienso que he bebido suficiente, pero necesito más para así poder ordenar mis pensamientos, pero a los único que atraigo son a los de ella desnuda mientras absorbía las gotas de agua que caían de la ducha.

Los recuerdos me ponen duro. De pronto tengo ganas de ir hacia ella como lo hice más de una vez para hacerla mía.

Me levanto de mi asiento. Siento la sangre golpeando mi verga. Estoy duro, erecto y siento la presión en mis pantalones.

Casi a ciegas en medio de la oscuridad memorizo mi camino hacia su habitación. Desde aquí puedo percibir su perfume, aquella esencia suave y dulce que enloquecía mi libido. Sólo ella podía excitarme de esa manera.

Una sombra fugaz va de una puerta a otra. Veo la silueta salir de su habitación y adentrarse a la mía. Con pasos sigilosos llego y cuando entro la veo de espalda buscándome.

- ¿Qué haces?

Diane se gira lentamente y retrocede. Obviamente no se lo esperaba así que se queda calla mientras que sus dedos juegan nerviosamente.

- ¿Vienes a asesinarme a escondidas o meterte en mi cama?

- Yo sólo quería decirte que me voy.

- ¿Te vas? -pregunte entrecerrando mis ojos-. ¿Adónde te vas? ¿Sabes qué hora es?

- Sí, lo sé, idiota. Pero me voy mañana en la mañana no voy a estar otro día más con toda tu absurda familia. No quiero seguir aguantándome insultos todo el tiempo y...

Ella cierra la boca cuando me acerco y la beso.

Me encanta como intenta resistirse un momento y luego su boca poseída se come la mía mientras sienta la caricia de su lengua. Rápidamente palpo su cuerpo a través de esa finísima tela transparente. Su espalda se arquea ligeramente y ella gime cuando bajo a sus muslos y los pellizco suavemente.

Diane suelta un ligero gemido y eso me excita. Mi verga crece a medida que sus brazos me rodean ligeramente y yo la llevo a la cama.

La deposito en el colchón. Observo su respiración, aquellos ojos que se encuentran empañados por el placer y me encanta. Ella es como yo y desea tanto esto.

Sonrío mientras me inclino en el colchón y sus brazos apartan la camisa de mi cuerpo. Sus manos pequeñas, suaves y calienten lo recorren ligeramente sorprendida y fascinada. Puedo ver cómo con curiosidad y deseo toca mis músculos como si quisiera guardar cada uno como recuerdos.

Me encargo de su bata, la rasgo con fuerza, pero sin lastimarla y observo cómo no hay nada más que un ligero panty blanco que apenas cubre su vagina complemente mojada y deliciosa. Acerco mis dedos, los entierro con facilidad y me sorprende completamente su humedad.

- ¿Desde cuándo estás así por mí? -pregunté con mis músculos temblando.

- Sólo cállate -me ordenó inclinándose para volverme a besar.

Aquel beso fue mucho más fiero, excitante. Sus labios suaves, carnosos se movían con tanta desesperación que creía que no podía aguantar y cuando creí que ella se había cansado veo cómo me tumba a mis espaldas y se sienta en mis piernas cerca de mi entrepierna.

- Entonces me deseas -solté victorioso.

- No, no te deseo, Dave. Sólo es una reacción.

- Mentirosa-sonreí y una vez más metí mis dedos en su entrepierna.

Al primer contacto escucho como jadea. Sus gemidos son tan fuertes que me producen escalofríos. Me encanta su pecho se mueve de arriba abajo mientras hago un remolino dentro de ella y toco su interior hasta enloquecerla. Sus dedos se aferran y jalan mi cabello mientras me seguía hundiendo. Tengo que sostener sus muñecas mientras que sus caderas empiezan a elevarse al ritmo de mis embestidas y me crea un gran dolor en mi miembro hasta que solo ella llega a explotar.

CAPÍTULO 11

- ¡Qué gracioso! ¿No lo crees? Él piensa que Andrew lleva su sangre y me pidió que tomara una muestra de su ADN para comprobarlo y así obligarte a estar con él y a darle a ese niño lo que tiene por derecho.

- Cierra la boca -solté intentando alcanzar aquel resultado.

- ¿Por qué habría de hacerlo? ¿Temes que se entere de que él no es su hijo?

- Yo nunca le he mentido, siempre le he dicho que Andrew…

- Sí, lo sé. Pero él no lo cree. Pero es verdad, Andrew no es su hijo, sin embargo, ambos tienen un gran parentesco ¿no es cierto?

- Cierra la maldita boca -grité mientras que mis puños golpearon con toda fuerza su pecho.

Tobías retrocede, pero luego me sujeta a las muñecas con mucha fuerza y me lanza hacia la cama

- ¿Tanto miedo tienes de que sepa la verdad?

- Tú no tienes derecho…

- No, yo no pero él sí. Al menos que te vaya de la casa, Diane. Yo te puedo asegurar que él no se va a enterar de esto si firmas un papel cediendo todo derecho que de ese maldito viejo. Sólo tienes que poner tu firma aquí -y de su bolsillo sacó otro papel- piénsalo bien.

Me levanto temblorosa, me dolía la sacudida que me había dado hace segundos atrás. Me acerco hacia él y tomo aquel bolígrafo metálico e implanto mi firma para dejarle todo el cochino dinero a su familia.

- Fue un placer hacer negocio con usted, Madame -dijo haciendo una reverencia burlona- ahora si gusta, su auto la espera.

Le arrebato aquel resultado y lo aferro a mi pecho. Tomo mi bolsa con mis pertenencias y dejo todo lo demás mientras me intento marchar de prisa.

Huyo, mi vida y la de mi hijo de pendía de que tan fuerte corría pero no contó con que en este momento Dave viniera hacia mí con ojos furiosos y retrocedo pero Tobías me acorrala dejándome en el medio de ambos.

- Maldición -susurra cuando Dave nos encuentra.

- ¿Qué está pasando aquí? -preguntó mientras nos observaba- ¿también te has decidido coger a Tobías? -gruño furioso- dime -me exigió pero no moví ni un dedo, tenía miedo de que Tobías hablara y le dijera la verdad.

Dave nos mira a ambos, su amigo también está en silencio. Era obvio que le tenía miedo a aquel demonio que había despertado.

- ¿Qué es eso? -pregunta arrebatándome de mis manos el resultado de ADN.

El pánico se apodera de mí. Intento tenerla de vuelta, pero es tan fuerte que me apresa mi muñeca con su mano y con la otra me arrebata la prueba.

- Dave, no -supliqué con mi llanto lleno de desesperación.

- ¿No? -alzó su ceja y miró a Tobías algo confundido-. ¿Por qué se la entregas a ella? Se supone que era un secreto.

Su amigo no responde y él lee en silencio el contenido. Su rostro empieza a enrojecerse con rapidez mientras que su sangre se calienta.

- ¿Qué significa esto? -preguntó agitando la prueba del delito.

- Dave, vamos, cálmate -Tobías intenta ponerle el brazo en su hombro, pero es golpeado con tanta furia que sus piernas se doblan y se desploma en el suelo haciendo un ruido fuerte.

Mis nervios me hacen temblar. De pronto empiezo a hiperventilar mientras que luego de once años los recuerdos más siniestros que he intentado olvidar se ciernen sobre mí como una espesa bruma que nos rodea.

- Maldición. ¿Cómo que es sólo una parte combatible? ¿Qué quiere decir eso? ¿De verdad te cogiste a Ryan? ¿Es eso lo que tanto escondías?

- Puedo explicarlo -no, en realidad no podía.

- Eres una sucia zorra.

Iba a decir algo más pero mi bofetada lo detiene y ambos nos miramos fijamente como si nuestros ojos tuvieran el poder de asesinar al otro.

- No sabes lo que pasa y no voy a quedarme para ser humillada -solté mientras intentaba sacar fuerzas de donde no las tenía.

Dave no dice nada y aunque sea difícil de creer quiero que diga algo más que no sean sus improperios.

La familia me observa mientras bajo. Nadie dice nada. Todos me miran con desprecio, otros con curiosidad, pero el tío Austin es quien lentamente se apoya de su bastón y viene hacia mí.

- Vamos, muchacha -su mano en mi espalda me reconforta- no vayas a llorar.

CAPÍTULO 12

Andrew no era mi hijo. Aquel papel me había dado una fuerte lección. No confíes en una zorra como ella. Yo lo sentía así, quería creerlo y hacer una vida con Diane pero resultó todo lo contrario.

Andrew no tenía mi sangre, no del todo. Era mi sobrino, hijo de Ryan. Yo había acusado a Diane de acostarse con él por miedo. Me aterraba enamorarme de ella y necesitaba sacarla completamente de mi vida. Me aproveché de esos rumores de los supuestos falsos que mi hermana y mi madre habían inventado, aunque por dentro sentía que ella no era capaz de hacerme eso. Diane me era fiel, devota y hacía lo que yo le pedía, nunca sería capaz de…

- ¿Qué rayos pasa? -Ryan vino hacia mí e intentó abalanzarme contra él.

Tobías me detiene. Todos se conglomeran para proteger a ese imbécil y así evitar que le parta la cara.

- Tranquilízate -rugió mi madre en tono feroz-. ¿Qué te pasa? No pagues con Ryan tu mal talante por culpa de esa mujerzuela.

- Sólo agradece que ese imbécil es mi hermano -solté mientras me sacudía los brazos que me sujetaban- pero esto no se quedará así ¿lo entiendes? Vas a hacerte responsable de ese niño.

- ¿De qué hablas? -chilló ella.

- Tu bebito embarazó a Diane.

- ¿Qué dices? -preguntó saltando.

Ryan se deshace de sus prisioneros y se acerca hacia mí confundido y furioso con la boca toda rota por mi puñetazo.

- Es tu maldito hijo -le solté mientras contenía toda esa ira que explotaba en mis venas- y te harás cargo de él. Te obligaré o te patearé el trasero.

- No es mi hijo.

- Sí lo es, lo descubrí y no niegues.

- Esto tiene que ser una broma -Aurora se coloca en medio de nosotros- podría ser de cualquier otro. ¿Por qué Ryan? ¿Sólo porque ella lo dice?

- Tengo una prueba que lo señala -y le entrego el papel.

Aurora lo toma con cautela. Lentamente desenvuelve esas arrugas oscuras y alisa con cuidado mientras lee lo que dice.

- Aquí dice que no concuerda el ADN.

- Lee más abajo. Somos familia, es mi ADN lo comparé con el del niño y si yo no soy su padre entonces…

- Puede ser de cualquier otro -chilla Ryan- yo no soy su padre porque yo nunca me acosté con ella.

- Que yo recuerde me presumiste su ropa interior sucia en la habitación.

- Las robé.

Aurora lo mira y se aleja un poco. Era ridículo, estúpido y sobre todo patético. Él mentía, lo sabía y estaba a punto de sacarle la verdad a golpes antes de que el tío Emanuel interrumpiera.

- Basta. No podemos seguir hablando de esto. Es todo ridículo y el abogado nos espera, tenemos que hacer la maldita lectura del testamento, ya hemos esperado demasiado.

Era verdad. Con el estómago revuelto me alejo de mi hermano y de todos ellos. Siento repugnancia, impotencia y mucha rabia. Sobre todo me siento como si estuviera cayendo en un hueco sin derecho a tocar fondo, no podía. Parecía que estaba destinado a seguir descendiendo sin derecho a recuperarme.

Mi pecho se sacude mientras entro. El rostro de Diane con sus lágrimas negras recorriendo sus mejillas seguía martirizándome intensamente. Estaba completamente ahogado en penas. Quería estar lejos de todos y no pensar más en lo que no pudo ser pero me abstengo a huir.

Todos ellos me observaban. Espera que salga con el rabo entre las piernas. Piensan que he sido herido y no les daría el gusto de suspender el manjar para los cuervos.

El abogado está sentado a un lado de la mesa. Encima de ella hay un reproductor de videos conectado a su laptop que reproduce la pantalla hacia la pared.

Frunzo mi ceño mientras me acerco hacia él. El hombre no parece tenerme miedo, me sigue observando sin mover ni un milímetro su rostro.

- ¿Qué es esto?

- Cálmate, Dave -Tobías advierte, pero no le escucho.

El abogado suspira un tanto cansado. Su actitud me enerva la sangre, pero no digo nada.

- El señor Fausto Westerfeld dejó su testamento y grabó su lectura. Él quería que todos lo vieran- ¿están todos completos?

- Está bien, entonces comencemos.

Me estremezco de tan solo verlo. Esta era la primera vez desde su muerte que pensaba en lo mucho que me hacía falta. Estaba seguro de que él me diría qué hacer. Por muchos años me lo dijo.

Siempre pensé que debí hacerle caso, pero ya no, ahora siento satisfacción de no escucharlo.

- Hola a todos -dice agitando su mano y vuelve a su semblante serio- familia, me imagino que deben estar contentos de que me haya muerto -

hace una pausa un poco siniestra. Puedo leer su próximo movimiento, sólo quiere burlarse, humillarlos aun después de muerto.

- Austin, Viviane, Walter. Ustedes son los únicos hermanos que me quedan vivos. Todos siempre detrás de mí, rogándome por dinero, aceptando mis humillaciones sin chistar. ¿Qué se siente ser tan patéticos?

Mis tíos abrieron sus ojos. Todos furiosos, estaba seguro de que Austin de estar aquí le hubiese partido la pantalla a esa laptop mientras seguía hablando.

- Todos ustedes han sido una cuerda de carroñeros, mantenidos que nunca antes han sabido cómo ganarse el pan, pero eso es mi culpa y culpa de mis antecesores y por desgracia será también culpa de Dave, mi nieto. Es a ti quien te dejo toda la potestad sobre ellos. Has lo de siempre o no hagas nada, después de todo no se lo merecen. Pero tú sí, tú te mereces esto. Has trabajado más que todos, siempre has escuchado varios de mis consejos y me has sido leal, por eso te doy el poder de todas mis empresas hasta que Andrew Morgan o corrijo

Andrew Westeferld tenga la mayoría de edad y herede todo mi emporio.

- ¿Qué dice? -chilla mi madre mientras se adelanta y golpea la mesa- ¿eso está editado?

- Señora, por favor siéntese o suspenderé esto.

- No puede.

- Mamá, basta -Aurora va por ella.

- ¿Pero no esuchastes lo que dice?

- El abuelo debe tener una razón.

Quizás… o es que se había vuelto loco.

- Sé que es extraño, pero tengo que hacerlo, se lo debo a ese niño y a Diane. Siempre he lamentado todo lo que te ha hecho mi familia. Los Westerfeld hemos sido una plaga en tu vida. Nosotros nos encargamos de arruinar la bondad de tu corazón y por nuestra culpa has conocido las verdaderas tragedias de este mundo. Lo siento -dijo nuevamente sacudiendo mis nervios- lo único que puedo hacer es dejarle todo a mi hijo. Si es que puedo llamarlo así. Me imagino que todos deben estar sorprendidos. Me hiciste sentir joven muchas veces. Tu compañía me agradaba, tus conversaciones endulzaban mi marchito corazón y me sentí vivo y aun cuando estaba feliz yo quería más y te lo arrebaté. De verdad lo siento, te ruego que me perdones porque no creo que pueda descansar ni después de muerto. Día tras días recuerdo ese momento y cómo con aquella furia te hice lo que te hice en la habitación. Yo jamás debí pedirle a Tobías que te trajera y yo no debí tomarte por la fuerza. Día tras día vivo con esa tortura y aún más cuando descubrí que estabas embarazada y que ese niño era producto de mi violación. Pero él no tiene la culpa y se merece más que todos, esta fortuna. Espero y ruego a Dios que me perdones y que no te rehúses, no te permito que digas que no porque aun aunque te niegues todo esto pasará a manos de Andrew cuando cumpla 18 años.

Capítulo 13

Era tan tonta, patética. Yo no sabía cómo defenderme y corrí en vez de hablar. Me hubiese gustado verle la cara a Dave y a toda su familia cuando se enteraran de la verdad. También estaba esa posibilidad de que dijeran que yo lo había seducido. Sí, eso era lo más probable.

- ¿Estas bien? -preguntó mi amiga mientras nos recogía.

Él era un niño inteligente, siempre se había percatado de todo lo que me pasa. Hasta eso lo había sacado de Dave.

Siempre había implorado a los dioses que Andrew no fuera de ese hombre. Fausto Westerfeld me había desgraciado la vida junto a su familia. Cuando salí embarazada de Andrew pensé muchas cosas, la mayoría eran tan tétricas que erizaba mi cuerpo. Ahora que observo su carita sonriente mientras juega con sua migo no puedo dejar de sentirme avergonzada. Era una mala madre, estaba segura de eso.

- Yo tampoco lo querría, pero creo que debiste haberles dicho. Ellos tenían que enterarse de lo canalla que había sido ese hombre.

- Jamás lo creerían. Ni yo misma lo creí hasta que salí embarazada de Andrew -confesé con el corazón desgarrado- él siempre fue tan confiable, tan bueno. Siempre que podía me animaba a estudiar para que pudiera superarme, pero nunca vi sus intenciones. Me pareció tan bueno.

- No podías saberlo, no tienes que sentirte culpable -ella dice acariciando mi cabello- que los Westerfeld se vayan al infierno. No los necesitas. Eres fuerte e independiente, tú misma has sabido cómo levantarte y cuidar de tu familia.

Mis ojos se empañan, pero no me doy el gusto de llorar. No hacía falta, ya lo había hecho muchas noches seguida y además, no estaría bien que lo hiciera en el juego de mi hijo.

Me levanto y agito mi mano para saludarlo. Le arrojo un beso en el aire y él me sonríe satisfecho.

Una niña se para en medio del campo con un micrófono para entonar el himno. Todos de pie escuchamos en silencio aquella vieja canción cargada de patriotismo. Observo la multitud, esa esas cabezas y espaldas que bajaban las pequeñas gradas hasta que puedo ver una belleza de cabello rubio que con delicadeza intentaba subir las gradas en unos finos tacones. Inmediatamente arrugo mi ceño. Era increíble que después de todo ella insistiera en humillarme. Me levanto y tropezando con las personas me acerco hacia ella en plan de furia lista para lanzarla por los escalones si era necesario.

- Vengo en son de paz -me advirtió algo asustada y de nuevo vi a esa chica frágil del otro día - quiero hablar contigo.

- Ahora no -solté crudamente -es el juego de mi hijo.

- Lo sé -sonrió- podemos esperar, por ahora quiero verlo. ¿Cuál es?

Intento buscar aquella intención. Aurora nunca actuaba sola y siempre que se refería a mí lo hacía con odio, pero ahora había algo diferente.

- Es enserio, no voy a pelear.

- Haz lo que quieras -dije girando y volviendo a mi asiento.

Daniela abrió sus ojos cuando me vio llegar con aquella pequeña muñeca estilizada de mini falda olivácea que se sienta delicadamente a nuestro lado.

- ¿Ese es Andrew? -señaló al número 12 del equipo.

- Lo es.

- Es muy lindo -asiente risueña y me mira- oye, de verdad no vengo a pelear -dice una vez más- quería hablar contigo y pedirte perdón por todo lo que te he hecho.

- ¿Por qué? -pregunté aun en guardia.

- Lo sé todo, Diane.

- ¿Qué es todo?-

- Lo que te hizo mi abuelo.

Ambas nos miramos por un largo rato. Mis labios temblaron mientras intento mantener la calma.

Trato de buscarle la trampa a sus palabras, pero sé que habla enserio.

- ¿Cómo lo sabes? -pregunto mientras intento respirar, pero cada movimiento que hacía apretaba mi garganta

- El abuelo dejó un video en su testamento. Ahí confesó todo y nombró a tu hijo como dueño de toda esa fortuna, bueno cuando cumpla los 18 años. Todos enloquecieron, tenías que haberlos vistos.

- Ya me lo imagino.

- Lo odio ¿sabes? -ella toma mi mano suavemente- a él, al tío Emanuel, los odio a los dos por lo que nos hicieron -la voz de su garganta se quebró. De pronto se hizo un silencio entre nosotras y ambas pudimos comprender los sentimientos de las otras.

Aurora me abrazo, lo sentí sincero y le correspondí mientras lloraba en mis brazos.

- Lo denuncié -confesó- le dije a todos lo que él había estado haciendo durante años, Diane. Dejé de tener miedo del qué dirán y me atreví a hacerlo. Dave casi lo mata, todos tuvieron que apartarlos antes de que se excediera con sus golpes. Ahora me siento bien ¿sabes? Nunca podré borrar todo ese dolor, pero al menos sé que él se pudrirá en la cárcel pagando lo que yo hice. Y estoy segura de que si mi abuelo estuviera vivo también sentiría lo mismo por él.

- Aurora, yo nunca hice…

- Lo sé, no me des explicaciones. Yo tampoco hice nada y él dijo que lo provocaba. Yo era la culpable de que quisiera abusar de mí -ella soltó una risa dura, triste que terminó de quebrar mi alma.

Una vez más la abracé y luego le sonreí. Sentí cómo que ahora sí podíamos comprendernos.

Las dos nos concentramos en Andrew y su juego. Los niños estaban parejos, ambos equipos luchaban arduamente pero el equipo de mi hijo resulto ganador. Los padres frenéticos gritaban mientras agitaban pequeñas pancartas y sonaban sus silbatos.

Corrí gradas abajo para abrazar a mi hijo. Todos sus amigos celebran su nuevo triunfo. Tomo en brazos a i pequeño y lleno su carita de besos aunque pueda ser algo vergonzoso.

A mi lado se posa Aurora. Me había olvidado de ella. El niño la mira con curiosidad y ella no oculta sus ganas de conocerlo. Confieso que dudo bastante, Aurora no era tan buena del todo, pero esa corazonada en mi pecho me decía que lo hiciera.

- Andrew, conoce a Aurora, una vieja amiga.

- Hola, señora -él contesta con algo de vergüenza. Sus mejillas se sonrojan al ver la hermosura de Aurora, supongo que no puede remediarse.

- Oh, por Dios, eres tan lindo -ella gimió y lo asfixió con un gran abrazo- sin duda serás un galán cuando crezcas, Andrew.

- Oiga, señora.

- Dime Aurora -le ordena juguetonamente y lo suelta- eres un niño irresistible. Debes estar orgullosa de él.

- Voy con los chicos -y antes de que Aurora pueda atraparlo se escabulle con sigilo.

- Ahora entiendo por qué Dave estaba convencido de que era su hijo. El pobre ha estado decepcionado cuando se enteró que no.

- ¿Por qué me hablas de él? -pregunté arrugando mi rostro- yo no quiero saber nada…

- Sí, lo quieres. No puedes vivir sin Dave, Diane. Ahora lo entiendo. Los dos son uno para el otro, aunque no entiendo qué le vistes al amargado de mi hermano. Pero sí sé qué él vio en ti.

- De verdad prefiero no saber sobre Dave.

- Es tarde -ella sonríe- porque vino por ti.

- ¿Qué dices? -pregunté girando hacia todos lados.

Mi corazón empezó a latir fuertemente. Siento la mirada pesada que me sigue y cuando doy con ella sus ojos me queman apenas entramos en contacto como primer impulso huyo en medio del mar de gente lejos de su alcance.

Como tonta corre rápidamente pero es tarde. El me alcanza y me toma del brazo. Intento sacudirlo con fuerza pero como siempre es más grande que yo.

- Por favor, te pido por lo más grande que no huyas. Ambos tenemos que hablar,

- Se supone que nuestra conversación se acabó hace mucho tiempo. Creo que cuando me dijiste que era una zorra por revolcarme con tu hermano.

- Dios, lo sé. Y me arrepiento de eso, todo el tiempo cada maldito segundo me culpo por lo que pasó, por lo que te hice. Incluso por lo que no hice. Yo debí haber estado ahí, Diane. Debí protegerte del abuelo, pero nunca pensé que...

- Sólo cállate -chillé zafándome de su agarre- no te atrevas a decirlo.

- Tengo que hacerlo, Diane. Yo he estado equivocado todo este tiempo. Siento que soy un imbécil

- Eres de lo peor -solté con lágrimas en los ojos- tú y tu familia. Los odio a todos -dije mientras que las lágrimas corrían libres por mi rostro hasta caer al suelo y luego a su camisa.

Dave me abrazó.

- No puedo perdonarte -le dije y apoyó su barbilla en mi cabeza- te odio, Dave. Te odio por todo. Porque nunca me creíste, por cómo me trataste, incluso porque a pesar de todo te amo. Soy una enferma ¿lo entiendes?

- No, no lo eres. Yo soy el enfermo, el idiota que te dejó ir y nunca supo quererte o escucharte.

Me di cuenta de que te amaba cuando era tarde y día tras días me arrepiento de esto. Pero ahora quiero empezar de nuevo, contigo y con Andrew ¿me lo permitirías?

- La verdad no lo sé -confesé temblando.

- Eso al menos no es una negativa -sonrió- pero te prometo que haré lo posible para que puedas ser feliz.

- No sé si pueda creer en promesas.

- No lo hagas, yo me encargaré por mí mismo de convencerte. Te amo, Diane y no voy a dejarte ir otra vez. Yo necesito una oportunidad.

No contesté. Me aferré más a su pecho y subí mi rostro para encontrarme con el suyo y eso me bastó para que todo ese dolor se fuera y mi corazón latiera de emoción como la primera vez.

FIN.

Otros libros de mi autoría:

Contigo Aunque No Deba. Adicción a Primera Vista
Saga Libros 1 y 2
Autora: Teresa Castillo Mendoza

Atracción Inesperada Saga Libros 1 y 2
Autora: Teresa Castillo Mendoza

Inocencia Perdida
Autora: Teresa Castillo Mendoza

Dulces Sueños
Autora: Teresa Castillo Mendoza

Deseos Embriagantes.
Autora: Teresa Castillo Mendoza

Otros Libros Recomendados de Nuestra Producción:

Azul. Un Despertar A La Realidad. Saga Libros 1-6

Adicta A Tu Aroma. Flor Divina del Desierto. Saga Libros 1-6

Profundamente Violeta (Libros 1-3)

Muros de Cristal (Libros 1-3)

Con o Sin Derechos (Libros 1-3)

Secretos Inconfesables. Una pasión tan peligrosa que pocos se atreverían. Saga No. 1, 2 y 3

Actitud XL (Libros 1-3)

Íntimos Deseos. Una Novela Romántica de Mercedes
Franco
Sagas Libros 1-3

Secretos y Sombras de un Amor Intenso. Saga
Libros 1-3

Rehén De Un Otoño Intenso. Saga Libros 1-3

Las Intrigas de la Fama Saga Libros 1-3

Gourmet de tu Cuerpo. Pasiones y Secretos Místicos
Saga Libros 1-3

Pasiones Prohibidas De Mi Pasado. Saga Libros 1-3

LOVECOINS. ¿Y si el amor fuese una
criptomoneda...? Saga Libros 1-3

Hasta Pronto Amor. Volveré por ti. Saga Libros No. 1,
2 y 3

Amor en la Red. Caminos Cruzados. Saga Libros No.
1, 2 y 3

Oscuro Amor. Tormenta Insospechada. Saga Libros
No. 1, 2 y 3

Libros de Fantasía y Romance Paranormal:

Inmortales. Génesis. El Origen de los Vampiros.
(Libro No. 1)

Metamorfosis. El Legado Secreto de los Vampiros
Saga Libros No. 1, 2 y 3

Reina de la Oscuridad. Una Historia de Romance
Paranormal Saga Libros No. 1, 2 y 3

Seduciendo al Vampiro. Desafío de Fuego. Saga
Libros No. 1 al 6

Dinastía de las Sombras. La Oscura Corona. Saga
Libros No. 1, 2 y 3

Corona de Fuego. Saga Libros No. 1, 2 y 3

Oscura Dinastía Saga Libros No. 1, 2 y 3

La Furia y El Poder De Las Sombras Saga Libros No.
1, 2 y 3

Contigo Aunque No Deba. Adicción a Primera Vista
Saga Libros 1 y 2
Autora: Teresa Castillo Mendoza

Atracción Inesperada Saga Libros 1 y 2
Autora: Teresa Castillo Mendoza

Inocencia Perdida
Autora: Teresa Castillo Mendoza

Dulces Sueños
Autora: Teresa Castillo Mendoza

Deseos Embriagantes.
Autora: Teresa Castillo Mendoza

El Secreto Oscuro de la Carta (Intrigas Inesperadas)
Autor: Ariel Omer

Placeres, Pecados y Secretos De Un Amor Tántrico
Autora: Isabel Danon

Una Herejía Contigo. Más Allá De La Lujuria.
Autor: Ariel Omer

Juntos ¿Para Siempre?
Autora: Isabel Danon

Pasiones Peligrosas.
Autora: Isabel Guirado

Mentiras Adictivas. Una Historia Llena De Engaños
Ardientes
Autora: Isabel Guirado

Intrigas de Alta Sociedad. Pasiones y Secretos
Prohibidos
Autora: Ana Allende

Amor.com Amor en la red desde la distancia
Autor: Ariel Omer

Seducciones Encubiertas.
Autora: Isabel Guirado

Pecados Ardientes.
Autor: Ariel Omer

Viajera En El Deseo. Saga No. 1, 2 y 3
Autora: Ana Allende

Triángulo de Amor Bizarro
Autor: Ariel Omer

Contigo En La Tempestad
Autora: Lorena Cervantes

Recibe Una Novela Romántica Gratis

Si quieres recibir una novela romántica gratis por nuestra cuenta, visita:

https://www.librosnovelasromanticas.com/gratis

Registra ahí tu correo electrónico y te la enviaremos cuanto antes